每個人都可以有自己的創意空間，
無論是天馬行空，還是實實際際的想法。
創意源於想像，孩子們只要多想像，
成年人讓他們有表達空間、思想空間，
他們將來可以繼續作大大的夢。

責任編輯：吳黎純
裝幀設計：鄧佩儀
排　　版：鄧佩儀
印　　務：劉漢舉

繪本系列

摸摸天空

文·圖 / 葉淑婷

出版 | 中華教育

香港北角英皇道 499 號北角工業大廈 1 樓 B

電話：(852) 2137 2338 傳真：(852) 2713 8202

電子郵件：info@chunghwabook.com.hk

網址：http://www.chunghwabook.com.hk

發行 | 香港聯合書刊物流有限公司

香港新界荃灣德士古道 220-248 號 荃灣工業中心 16 樓

電話：（852）2150 2100　傳真：（852）2407 3062

電子郵件：info@suplogistics.com.hk

印刷 | 美雅印刷製本有限公司

香港觀塘榮業街 6 號海濱工業大廈 4 字樓 A 室

版次 | 2021 年 1 月第 1 版第 1 次印刷

　　　2021 年 5 月第 1 版第 2 次印刷

©2021 中華教育

規格 | 16 開（230mm x 250mm）

ISBN | 978-988-8675-53-1

摸摸天空

文·圖／**葉淑婷**

中華教育

媽媽和慕慕最愛看天空，
因為天空千變萬化。

有時藍天白雲，

有時烏雲密佈，

有時漫天彩霞，　　　　　　有時滿天星星……

看天，就是他倆的樂趣。

慕慕時常想觸摸天空，

因為他真的很想⋯⋯很想⋯⋯

慕慕心裏發着愁。

不如你想想辦法吧！

我可以用椅子一張一張疊起來

越界一天，一定可以體驗出未知。

一　彈　　便可以上天了。

我亦可以把心愛的玩具拆散，
把彈簧全都抽出來，捆在屁股上，

慕慕再想了想。

日間彩虹出來時，我們可以沿着彩虹爬上去。

狂風暴雨時，只要閃電、電光一着地，
　　　　我便立即抓緊，一定可以到達天空的。

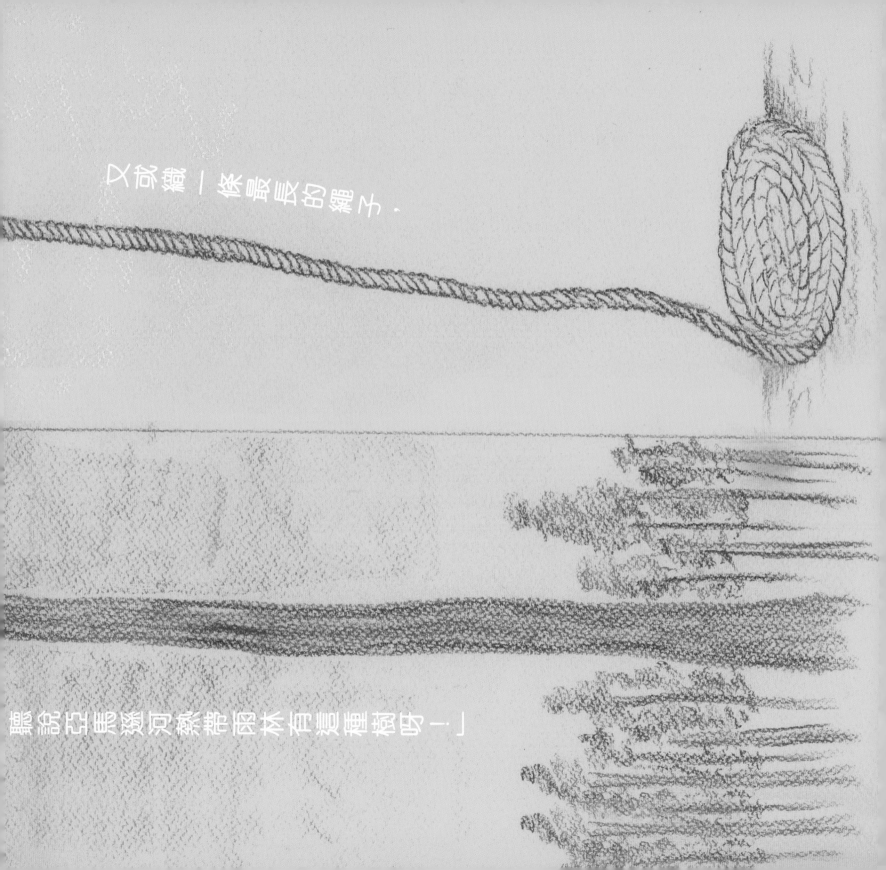

又成織一條最長的繩子．

「一⋯⋯每個人把回憶都繫成長長的繩子，

更可玩瘋狂過山車，

一衝……**衝**上天空，抓緊白雲。

所有方法也要靠工具，
又要看天氣，真麻煩。

慕慕突然大叫：

「想到了！媽媽，想到了⋯⋯
這個方法既快捷，又不用工具，
更不用望天打卦。」

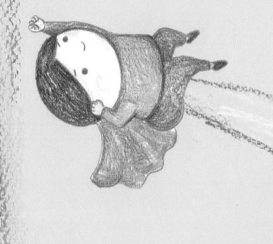

「媽媽，我平日常常放屁屁，
我把所有屁子忍着，
直至一大股氣；一放⋯⋯
一定可以把自己噴上天空，
一定可以！」

媽媽和慕慕最愛看天空，
因為天空千變萬化。

看天，就是他們倆的樂趣。

延伸活動

（一）看完《摸摸天空》這故事後，你也可以像慕慕一樣想想辦法去摸摸天空。
那你有甚麼方法呢？可以把想法繪畫出來。

（二）天空是千變萬化的，你能用不同物料、材料繪畫及創作不同的天空和雲
　　　嗎？一起來創作吧！

誰不想摸摸天空？

很多孩子也想摸摸天空，慕慕亦然。

　　這個故事正正就是慕慕和媽媽真人真事的對談。本書作者找着這點童趣寫成故事，一開首以四聯畫描寫慕慕眼中的天空，千變萬化，讓讀者展開奇想。之後慕慕想出一連串古怪奇幻的方法去摸摸天空，而畫面亦以跨頁、橫式、豎式等設計，務求令讀者的視覺隨着慕慕的方法而產生變化，更投入這個瘋狂之旅。至於這故事不斷穿插媽媽和慕慕的對話，如過場的休止符一樣，讓讀者靜止一下，然後又到另一個有趣的場景。而故事結局畫面以九十度的視角轉折帶出，以一股屁屁的方法上天空，雖然方法簡單又天真，但帶出整個故事的高潮，令讀者開懷大笑。最後，畫面又轉為媽媽和慕慕一起看天，不過天空已經由黃昏變為晚上，媽媽和慕慕彷彿談天了一段時間，而作者以此首尾呼應完成整個故事。

葉淑婷

現為小學校長，最愛與學生和兒子談天說地，更愛與他們說故事、看書，一起走進瘋狂幻想的世界和創作故事。葉校長亦喜愛繪畫及撰寫圖畫書，本書《摸摸天空》獲得第一屆香港圖畫書創作獎佳作第二名。

葉淑婷校長從事教育工作多年，曾創辦學校，擔任學校顧問及編寫教材等工作。葉校長獲教育碩士（領導及行政管理）、基督教研究碩士、中國語文及文學碩士、美術及設計（榮譽）學士。